당신이란 꽃에게 박수를 보냅니다.

마침내 피어날 _____님에게!

아픔을 돌보지 않는 너에게

세상살이에 숨통을 틔워주는 선물 같은 위로

아픔을
돌보지 않는
너에게

황중환 글·그림

마음의숲

우리는 각자 하나의 날개만 가진 천사들이며,
오직 서로를 껴안음으로써 날 수 있다.

We are each of us angel with only one wing,
and we can only fly by embracing one another.

– 루크레티우스Lucretius, 로마 시대의 시인

느지막이 피어날 당신이란 꽃에게

지구에 존재하는 모든 생명체의 모양이 제각기 다르듯, 같은 삶을 사는 사람 역시 없습니다. 사람은 인생길을 걸으며 큰 성공을 거두어 한없이 높이 올라가기도 하고, 남에게 말할 수 없는 좌절을 겪으며 끝없는 구렁텅이로 빠지기도 합니다. 아무 걱정 없이 행복하게만 보이는 인생도, 반대로 불행하게만 보이는 인생도 따지고 보면 모두 저마다의 희로애락을 품고 살아갑니다.

'우리'보다는 '나'를 먼저 생각하게 하고, 남보다 빨라야 한다고 강요하는 현실의 가혹한 잣대에 우리는 늘 다치곤 합니다. 그 과정에서 되돌아볼 여유가 없어진 개인의 고통은 사회가 자아낸 소란에 묻혀버리고 맙니다.

우리는 우리가 어쩌다 다쳤는지, 왜 아픈 건지 정확히 알지 못합니다. 그러나 고요함 속에서 평화를 얻고, 남을 배려함으로써 행복을 얻고, 속도 경쟁을 하지 않음으로써 더 큰 만족을 얻는다는 사실은 어렴풋이 알고 있습니다. 우리의 마음은 아픔의 원인은 모를지언정, 해결하는 방법은 이미 잘 알고 있는 것입니다. 그 마음에 귀 기울이세요. 인생길을 걸으며 서로를 위로하고 용기를 주는 누군가를 만나세요. 그것이 우리가 살면서 누릴 수 있는 가장 큰 축복입니다.

　세상에 존재하는 수많은 종교나 철학도 결국 사람들이 안고 있는 고민의 무게를 줄이고 이 축복을 누리기 위해 생겨난 것이 아닌가 생각해봅니다. 우리 가까이에는 언제나 종교와 철학이 숨 쉬고 있습니다. 자연이라는 종교, 사람이라는 철학을 저는 믿습니다. 이 책에 수록된 글과 그림으로 그런 저의 생각을 나누고자 합니다.

"봄은 어디서고 제 할 일을 한다."

신문에 글과 그림을 연재하며 썼던 글입니다. 추운 겨울 내내 움츠리고 있다 꽃망울을 틔워내는 봄날의 꽃처럼 청초한, 지금은 눈물겨운 시간을 살아내는 당신을 생각합니다. 고통을 이겨내는 시간이 길면 길수록 꽃은 더욱 진한 향기로, 깊은 아름다움으로 세상을 은은히 밝힙니다. 그리고 지는 순간을 두려워하지 않지요. 느려도 마침내 피어나는 당신의 인생이, 두려움 없이 삶에 몸을 던지는 당신은 얼마나 귀한가요. 아픔을 돌보지 않는 당신에게, 그러나 끝내는 피어날 당신이란 꽃에게 박수를 보냅니다.

어지러운 글과 수천 장의 낙서를 골라내고 다듬어 멋지게 책으로 만들어주신 마음의숲 편집진과 원고를 다듬는 과정에서 함께 고민해준 사랑하는 가족 그리고 ㈜HNL 팀, 제자들께 고마움을 전합니다. 마지막으로 하늘나라에서 늘 저를 응원하고 계실 할머니, 감사합니다.

꽃 피는 산수재에서
황중환

2

내 마음에 비친 내 모습

3

자라는 것들은 모두 아름답다

4

자연으로부터 배우는 것들

1

지금 너는 사랑이 필요하다

누군가 소원을 물으면
'사랑'이라고 답하는 삶.

마음으로 하는
포옹

우리가 어제보다
조금 덜 슬펐으면 좋겠다.
눈물도 조금 덜 흘렸으면 좋겠다.
상처도 조금씩 아물면 좋겠다.

조금 더 미소 짓고
조금 더 기쁘고
조금 더 행복하면 좋겠다.

그러기 위해
우리의 슬픔을, 우리의 기쁨을
우리의 눈물을, 우리의 미소를
우리의 아픔을, 우리의 행복을

온 마음으로 끌어안겠다.

사랑의
줄

내가 잡고 있는 이 줄의 끝을
당신도 꼭 잡고 있을 것이라는 생각.
지금은 알 수 없지만,
우리가 함께 잡은 이 줄이 언젠가
소중한 무언가를 만들어낼 것이라는 생각.
포근하고 두근대는 생각.

꾸준히 사랑을
깨닫는 것

사랑할 때 나오는 호르몬 '페닐에틸아민'은
사랑을 시작하고 18개월이 지나면 거의 없어진다고 한다.
평생 한 사람만 사랑하는 것이
쉬운 것 같으면서도 어려운 과학적 이유가 있었던 셈이다.
그러니 늘 새로운 관계가 될 수 있도록 노력해야 한다.
검은 머리 파 뿌리가 되도록 사랑하려면

적당히 거리를 유지하고
상대를 존중하며
설레는 시간을 만들어야 한다.
이는 각자의 노력이 필요한 일이다.

인간은 본래 망각의 동물이기 때문에
자주 일깨우고 스스로 노력해야 한다.
사랑도 그런 것이다.

동시대를
함께 산다는 것

우리는 다른 눈높이
다른 보폭을 가졌지만
지금 이 순간

같은 햇살을 쬐고
같은 바람을 맞고
같은 구름을 바라본다.
같은 방향으로 걸어가고 있다.

우리들이 겪었던 풍경과 이야기는
소중한 추억으로 남기도
역경을 헤쳐나가는 든든한 동료가 되기도 한다.
우리가 이 시대를 함께 산다는 게
이렇게 든든할 줄은 몰랐는데.

서로의
온도

서로가 아득히 먼 곳에 있어도

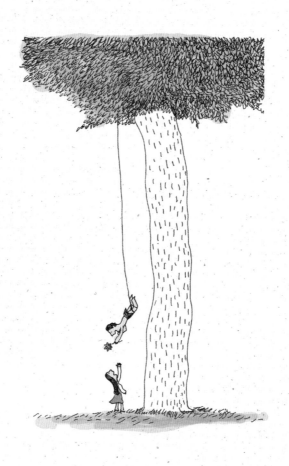

우리가 서로를 알아보아서

우리가 서로를 안아주어서

세상이 조금 더 따뜻해졌어.

꽃이 피는
이유

당신이 있어서 꽃이 피는 것이지요.
당신이 있어서 봄이 오는 것이지요.
당신이 있어서 바람이 불고 두근거리는 것이지요.
당신과 함께 했던 이야기들이 있어서
봄이 오고, 꽃이 피고
시린 바람마저도 숨결을 갖는 것이지요.
살아내는 것이겠지요.

너에게
전하고 싶은 말
열 가지

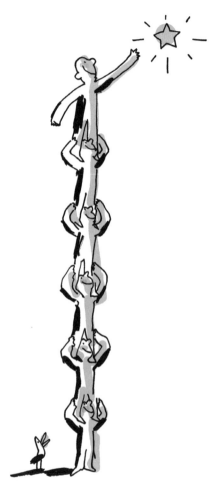

1 네가 누구든 괜찮아.

2 네가 무엇을 하든 널 응원해.

3 꼭 무엇이 되지 않아도 되는 삶이야.

4 지금 이대로도 좋아.

5 애쓰지 않아도 돼.

6 흔들려서 더 아름다운 날들인 거야.

7 비가 온 후에 세상은 더 빛나.

8 네가 갈 길은 네가 바꾸는 거야.

9 이제부터 네 삶을 살아.

10 모든 답은 네 안에 있어.

봄,
러브레터

봄에 사진을 찍다가 새로 난 싹들이 눈에 띄었다.
모두 하트 모양이었다.
봄을 맞이하는 생각이
나날이 더 커졌으면.
사려 깊어졌으면.

오늘도 자연이 보낸 러브레터를 펼쳐 읽는다.
겨울을 지나온 봄날의 새순이
누군가의 첫사랑처럼 여리고 시리다.

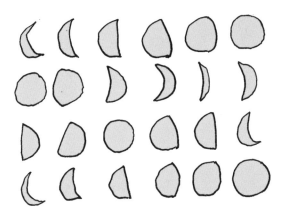

이 정도면
괜찮다고

힘겹고 어려울수록 간과하지 말아야 할 것은
자신에게 너그러운 마음이다.
그러면 타인에게도 너그러워질 수 있다.
그 마음이 우리를 이기게 한다.
넓은 마음이 성숙한 사람을 만들고
성숙한 사람이 더 나은 사회를 만든다.

우리 이 정도면 괜찮다고 등을 토닥여주자.
나와 너에게 너그러운 세상을 만들자.

"애썼다. 참 잘했다."

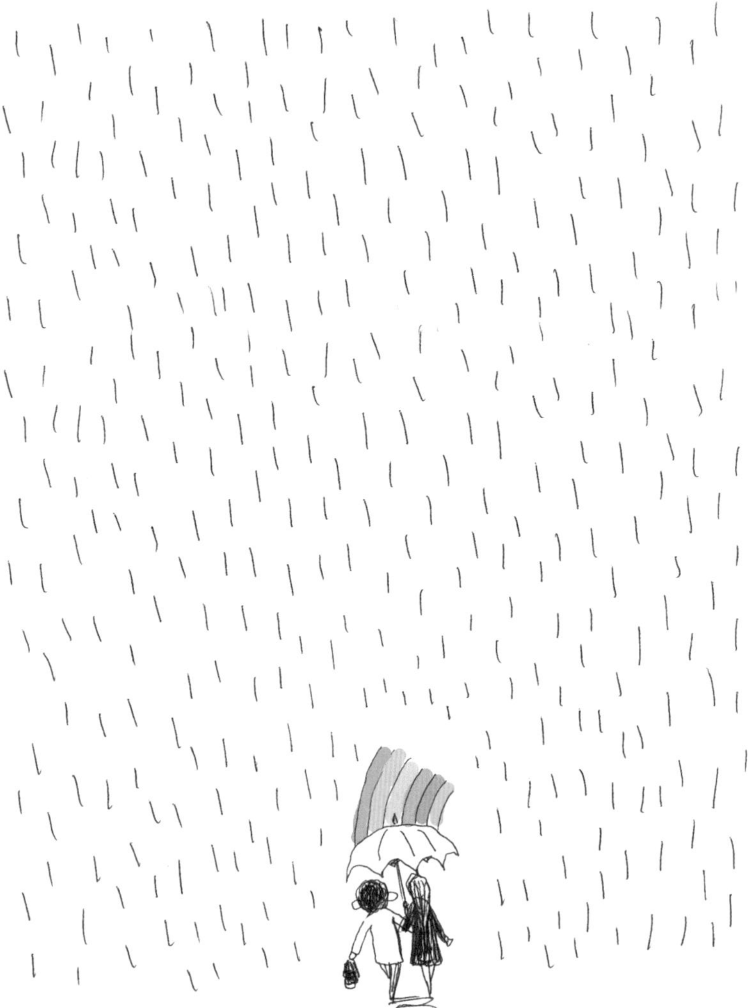

마음
고무줄

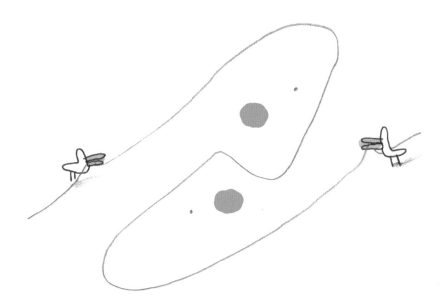

마음은 고무줄이다.
늘어났다가도 줄어드는 것.
줄어들었다가도 늘어나는 것.
내 마음이 내 마음대로 안 되다가도
어느 순간 내 마음껏 되기도 한다.
마음 가는 대로 살아가기를.
마음의 탄력을 믿어보기를.

웃는 너로 있어
참 좋다

어떤 상황에서도 당신이
마지막에는 긍정적인 수를 두는 사람이었으면 좋겠다.
인생의 숱한 시련을 지나
끝내 미소를 짓는 당신이었으면 좋겠다.
살아온 날들을
웃으며 되짚어보는 당신이었으면 좋겠다.

끝내 이기고야 마는 당신.
행복이 어울리는 당신.

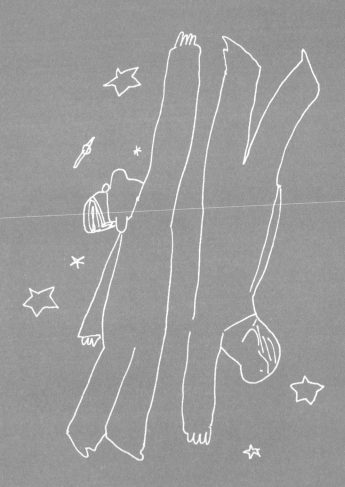

만나고 싶은
사람

호흡이 편안한 사람
숲의 그늘처럼 깊은 고요를 품은 사람
웃음이 시냇물 소리 같은 사람
눈빛이 윤슬처럼 반짝이는 사람
매일 밤 별을 헤아리는 사람

영원한
아날로그

아무리 화려한 디지털 세상이 오더라도
개와 고양이와 사람의 눈빛은 아날로그
달팽이가 풀잎을 기어가는 속도는 아날로그
사람과 사람의 관계는 영원한 아날로그

나를 놓아주는
용서

가끔 힘든 순간이 오면
언젠가 나도 누군가를 힘들게 했을 것이라고 생각해본다.
누군가가 미워질 때면
언젠가 나도 그렇게 미움 받았을 것이라고 생각해본다.

상처 때문에 아파하지 말자.
미워하고 욕하지 말자.
굳이 내 마음을 힘들게 하고
내 입을 더럽힐 필요가 없다.

언젠가 나도 누군가를 힘들게 했을 테니까.
그렇게 생각하는 것도 또 하나의 용서다.

둥글게
둥글게

둥근 것을 떠올리면
기분이 좋아진다.

둥근 밥
둥근 말
둥근 미소
둥근 생각
둥근 마음

당신, 이 세상에 와서 그렇게
둥글어지고 있는 것 맞죠?

서로
손을
내밀어 주자

기쁘고 행복하고 잘사는 사람들은 눈에 잘 보인다.

그러나 슬프고 불행하고 배고픈 사람들은 잘 보이지 않는다.

살아가면서 우리가 해야 할 일 중 하나는

보이지 않는 그들을 찾아내는 것이다.

세상에는 손을 잡아주어야 일어설 수 있는 사람들이 많다.

달라이 라마는 최고의 종교로 '친절함'을 꼽았다.

이는 사랑의 또 다른 말이다.

살아가면서 누군가에게

먼저 손을 내밀어준 적이 있는가.

눈빛을 던져준 적이 있는가.

누군가의 슬픔에 관해 기도하는 사람
보이지 않는 따뜻한 밧줄을 건네주는 사람
그런 사람이 당신이었으면 좋겠다.

웃는
얼굴

웃는 얼굴을 그리는 사람의 얼굴은 웃고 있다.
밑색이 칠해진 둥근 판에 검은색 물감을 묻힌 붓으로
눈 코 입을 그릴 때면
마치 웃는 사람들이 태어나는 것 같다.
그렇게 만든 얼굴은 유난히 더 밝아 보인다.

웃는 그림을 그릴 때면 나는 생각한다.
대결과 대립의 시대를 지나 타협과 배려의 시대로 가자.
느긋하고 여유 있는 표정으로 다른 이를 향해 웃어주자.
어린 아이들처럼 어우러지며 함께 살자.

웃자. 그냥 웃어주자.

엉뚱한
친절의 힘

어느 크리스마스 연휴,
한 여성이 차를 타고 가다가 톨게이트에 이르자
징수원에게 미소를 지으며
뒤에 오는 차의 통행료까지 계산해주었다.
다음 차가 톨게이트에 다다르자 징수원이 말했다.
"앞서 지나간 분이 당신의 요금을 미리 내주셨네요.
좋은 하루 보내세요."
그러자 차량의 운전수가 말했다.
"그러면 나도 뒤에 오는 차량의 요금을 내주겠소."
이 이야기는 미국 전역에 퍼지며
다음과 같은 슬로건을 낳았다.

때로 너의 인생에서 엉뚱한 친절과
정신 나간 선행을 실천하라.

당신이
늘 따뜻하기를

반신욕을 하고 나면 체온이 올라간다.
가벼운 운동을 해도 몸이 뜨거워짐을 느낄 수 있다.
사랑할 때 신체의 온도가 높아지는 듯한 기분은
착각이 아닐 것이다.

행복을 느끼는 순간 우리는 새삼 체온을 실감한다.
당신의 체온이 늘 따뜻했으면 좋겠다.
당신의 마음에 적당한 온도로.

정겨운
소리

부산의 어느 해장국집에서 있었던 일이다.
한 노인의 목소리가 들려왔다.
"내는 아가씨가 무섭다."
"와예."
"계란 안 부치줄까 봐 그란다."
"안 돼요. 여긴 그런 거 없어예."
마치 부산을 배경으로 한 영화 속으로 들어온 느낌이었다.
부산 사투리는 억양이 세서 왁자하게 시끄러웠지만
나누는 이야기는 친근하고 여유로웠다.
계란 부쳐달라는 노인들이나
안 된다며 받아치는 종업원이나
웃으며 하는 대화가 참 인간적으로 들렸다.
계란 안 부쳐줘도 기분 나쁘지 않은 사람들과 하는 말들,
그렇게 살아가며 나누는 소소한 대화가
가장 아름다운 소리이자
정겨운 세상의 증거 아닐까.

착하게
살아남기

문학 평론가이자 목사인 김기석 님은 이렇게 말씀하셨다.

"사람들이 거칠어졌습니다.
타자를 바라보는 시선도 날카롭고
마음에 상처가 너무 많습니다.
착하게 사는 사람은 언제나 이용당하고
악하게 사는 사람이 득세하는 것처럼 보입니다.
그런 세상을 사는 것이 속상합니다.
착하게 사는 게 더 쉬운 세상이 됐으면 합니다.
그런 세상을 위해 타자의 고통에
깊이 공감하는 마음이 열렸으면 합니다."

우리 사회는 여전히 나아진 것이 없어 보인다.
나의 탓보다는 남의 탓을 먼저 하고
부드럽게 이야기하기보다는
거칠게 말을 내뱉는 것이 만연하다.
착한 사람들보다 악한 사람들이 더 득세하는 것처럼 보이니
모두가 악한 사람처럼 행동해야 할 것만 같다.
그럼에도 불구하고 참으로 많은 것이 달라지고 있다.
비슷한 삶의 방식을 추구하기보다
다양한 삶을 인정하기 시작했다.

이제 남을 이기고 짓밟으며
지나치게 경쟁하지 않아도 살 수 있다는 확신만 있다면
우리는 보다 많은 취미를 즐기고
보다 넓은 관계를 맺으며
공동체 생활을 해나갈 수 있을 것이다.
이 사회에서 착하게 살아남을 수 있을 것이다.

사랑은
옳다

예술가들의 작품이 어떻게 감동을 주는지에 관해
과학적 근거를 제시했던 작가 조나 레러Jonah Lehrer는
스물여섯 살에 쓴 첫 번째 책
《프루스트는 신경과학자였다》로
뇌과학 분야의 스타로 떠올랐지만
이후 자기 표절 등의 구설에 휘말려
절망에 가까운 시기를 보내야 했다.
그랬던 그가 어려운 시기를 견디게 해준 '사랑'을 찾으며
《사랑을 지키는 법》이라는 책을 펴냈다.
이 책에서 그는 나락으로 떨어졌을 때
16개월 된 딸 때문에 견딜 수 있었다고 밝힌다.

아빠로서 아이를 기르며
아이가 자신을 치료하고 있다는 것을 깨닫고
사랑의 과학적인 작동 원리에 대해
연구하게 되었다고 한다.

그가 내린 결론은 다음과 같다.
삶의 만족도를 결정하는 단 하나의 변수는
바로 사랑하는 능력이라는 것이다.
사랑은 영혼을 움직이는
보이지 않는 힘인 동시에
사람의 몸에도 지대한 영향을 끼친다.
우리는 사랑을 하며 육체와 영혼 모두 건강해질 수 있다.

그러니 사랑은 무조건 옳다.
우주에는 온통 사랑뿐이어야 한다.

될 줄
알았어

'그럴 줄 알았어' VS '될 줄 알았어'
조금 바뀌었을 뿐인데 의미가 전혀 다르다.
하나는 과소평가의 의미를 담은 말이고
하나는 높게 평가하고 있었다는 의미다.

스스로 '될 줄 알았다'고 마음먹자.
그렇게 생각하는 순간 거짓말처럼 일이 잘 풀리며
누군가 다가와 속삭일지 모른다.
"난 알고 있었어. 네가 잘될 거라는 걸!"

진정한
대화

크게 말하지 않아도 된다.
진실과 사랑이 담기면 속삭여도,
언어가 달라도 잘 들린다.

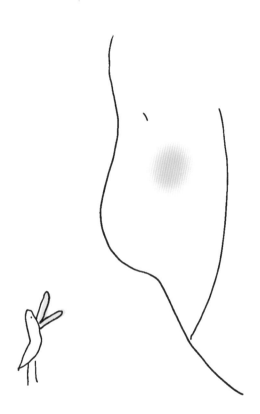

2

내 마음에 비친 내 모습

받아들이자.
기쁨도 슬픔도
모두 내 몫이니까.

마음이 나아가는 방향이
길이 된다

고요한 항해를 떠나는 별처럼

혹은 바람에 춤을 추는 나무처럼

당신도 당신만의 길을 걷기를.

조금도 조급해하지 않기를.

편안하고 순수한 마음으로

겁내지 말고 부지런히 나아가기를.

그 길의 끝에서

당신다운 당신을 발견하기를.

쓸모 있는
돌멩이

발 끝에 차이는 돌멩이가 쓸모없어 보이겠지만
얼마나 쓰임이 많은가.
멋진 집의 굴뚝이 되기도 하고
단단한 성벽이 되기도 하고
다른 원료와 섞여 튼튼한 재료로 탈바꿈하기도 하고
심지어 여느 집 화분에도 있다.

때로 자신이 화석처럼 굳어
눈에 띄지 않는 돌멩이가 된 것은 아닌지
고민될 때도 있을 것이다.
그러나 돌멩이는 지구에서 가장 오랜 시간을 보낸 존재다.
묵묵히 기다리면서 언젠가 쓰임 받을 날을
기다리는 존재인지도 모른다.

우리도 어찌 쓰이느냐에 따라
꽤 쓸모 있는 돌멩이겠다.
나이가 들어갈수록 돌멩이가 좋아지는 이유다.

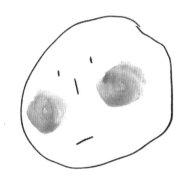

아픔을 돌보지 않는
너에게

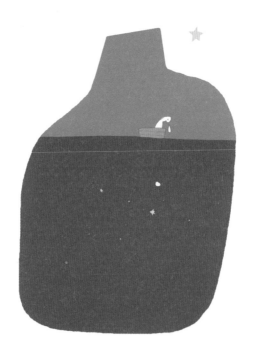

울기를 두려워 마라.
눈물은 마음의 아픔을 씻어내는 약이다.
– 인디언 격언

살아가면서 우리는 수많은 상처를 받으며 아파한다.
상처받지 않은 행복은 어떠한 충격도 견디지 못한다고 하지만
상처에서 비롯된 고통을 참고 버텨내기만 해서는 안 된다.

몸이 아프면 약을 먹고 치료를 하듯이
마음이 아프면 치유를 해야 한다.
감추고 숨기려는 것은 미덕이 아니다.
마음의 고통이 쌓이면 몸도 무너진다.
아픔을 돌보자.
그때그때 당신의 아픔에 맞는 약을 스스로 처방하자.

말하고 싶은데 들어줄 사람이 없다면
누군가에게 말할 수 없는 아픔이라면
나무에, 풀잎에, 강물에, 바람에 대고 말하자.
털어놓는 것만으로도 당신의 상처는 아물 수 있다.

치유와 더불어 가는 성장이
우리를 진정한 행복으로 이끈다.

좋아하는 일과
놀면 된다

가장 좋아하는 일을 찾아서 그 일과 놀아라.
무리를 떠나 숲속에서 한가롭게 놀고 있는
사자처럼 자유로워라.
대열에서 벗어나려고 노력해라.
레이스가 된 삶은 피폐하기 이를 데 없다.
다수에 속하는 것이 안도감을 줄지는 몰라도
행복과 자유를 선물하지는 않는다.

외로움은
당연하다

당신의 마음은 지금 어디에 서 있는가?
홀로 있어 외로운가?

외로운 것은 당연하다.
이 사실을 받아들이고 즐겼으면 좋겠다.
외로움 가운데 고요를 찾고 편안해졌으면 좋겠다.

고독이 세상을 직시하는 힘이 된다.

준비된 행복과
행복할 준비

얕은 개울은 소리가 요란하지만
깊은 강물은 조용히 흐른다.
불안하다는 생각이
마음을 시끄럽고 혼란스럽게 만들 때가 있다.
눈을 감고 심연을 들여다보라.
지금 이 순간이 결과가 아니라
행복으로 가는 과정이라고 생각하라.
당신의 삶은 개울을 지나고 있는 것이다.
순간 속에서 사소한 것 하나에도 만족하고
기뻐할 준비가 되어 있어야 행복할 수 있다.
준비된 행복이란 존재하지 않는다.
행복할 준비가 되었을 때
행복할 수 있는 것이다.
준비된 사람만이 깊은 강물에,
드넓은 바다에 닿을 수 있다.

두 귀

한 귀로 듣고 한 귀로 흘리라고
신은 사람에게 두 개의 귀를 만들어주었다.
그런데 사람들은 두 귀로 듣거나
두 귀로 흘려버리곤 한다.

귀의 용도를 잊지 말자.
들을 소리만 듣고, 흘릴 소리는 흘리자.

바쁘지
말자

이 시대에 바쁘지 않은 사람은 거의 없을 것이다.
당신이 바쁘다면 무엇 때문에 바쁜지 생각해보자.
잘하지 못하는 일에 매달려 에너지를 쏟고 있지 않은가.
도달할 수 없는 목표를 붙잡고 좌절하고 있지 않은가.
할 수 없는 일들에 너무 실망하지 말자.
생각만 해도 복잡한 일은 버리자.
세상의 룰에 맞추려고 해서 바쁜 것이다.
시키는 일 잘하고 남의 말 잘 듣는 모범생이
행복을 보장받지 못한다는 것을
우리는 얼마나 잘 알고 있는가.

불필요하게 바쁘지 말자.
될 수 있다면, 기쁜 마음으로 바쁘게 살자.

뭐 하러
아등바등해

자주 웃는 삶,
마음에 평화를 담고 사는 삶은
아등바등 무리하는 것보다
부담을 내려놓고 나에게 집중할 때 시작된다.
생각해보면 세상에는
아무것도 되지 않은 사람이 훨씬 많고
아무것도 되지 않으려는 사람이 훨씬 더 행복하다.

가수 화사의 노래 가사에 이런 말도 있다.
"뭐 하러 아등바등해. 이미 아름다운데."

부끄러운 일을
부끄럽지 않게
만들기

모든 인생에는 수치스런 순간이 있기 마련이다.
유튜브 스타 박막례 할머니는 가벼운 치매가 오려 하자
그것을 부끄럽게 생각하지 않고 오히려 유튜브를 시작해
자신의 일상을 드러내며 활력과 젊음을 되찾았다.
부끄럽고 수치스런 일들도 우리의 인생이다.

실수, 부끄러웠던 일, 실패했던 일 들을
자꾸 감추고 잊어버리려고만 하지 말자.
또 다른 나의 삶을
그곳에서 발견할지도 모르니.

Art and Fear

그림을 그리는 시간만큼은
걱정, 불안, 두려움 같은 불필요한 감정들이 사라진다.
경쟁심, 시기심, 질투심으로부터 자유로워진다.
인간의 행복 지수가 가장 높아지는 순간은
바로 집중하고 몰입하는 시간이다.
이 시간은 사람마다 다르다.
여행의 순간일 수도 있고
음악을 듣거나, 요리를 하거나
그림을 그리는 시간일 수도 있다.
살아가면서 행복해지는 순간들을 스스로 가져다 놓자.
인생의 진짜 부자는 행복한 순간을 많이 만들어내고
또 가지고 있는 사람이다.

전쟁

나라와 나라 간의 전쟁보다 더 힘들고 괴로운 일은
주변 사람들과 치르는 전쟁일 것이다.

알랭 드 보통Alain de Botton은 저서 《불안》에서
이런 글을 남겼다.
병사들은 동료의 승진에는 배 아파하면서
장군의 특진에는 아무 불만이 없다고.

지금 가까운 누군가와 전쟁을 벌이고 있다면
그 전쟁의 의미에 대해 곰곰이 생각해볼 필요가 있다.

싸워 이겨야만 하는 전쟁인지
전쟁에서 얻는 것은 무엇인지
언젠가 끝나는 전쟁인지
사소한 일에 매달려 중요한 것을
보지 못하고 있지는 않은지

전쟁을 멈춘 당신의 일상에 평화가 깃들기를.

관계 수업

누군가 물었다.

"좋은 수업이란 무엇인가요?"

가르치는 이와 배우는 이 모두가 성장하는 시간이 된다면

그것이 바로 좋은 수업일 것이다.

사람과 사람의 관계는

언제나 일방적이지 않기 때문이다.

학생과 선생의 관계도 마찬가지로

서로 영향을 받고 함께 성장한다.

그렇다면 좋은 공부란 무엇인가.

《미국 대학 공부법》의 저자 수잔 디렌데Susan Dirende 교수는

시험을 위한 공부가 아니라

생각을 위한 공부를 해야 한다고 말했다.

시험 공부에 익숙한 한국 사람들의 모습을
잘 보여주는 예시가 있다.
오바마 전 미국 대통령이 방한해서
한국 기자들과 회견을 할 때
"질문 있습니까?"라고 세 번이나 물었지만
강당을 가득 메운 한국 기자들 중
질문을 던진 사람이 하나도 없었다.

공부를 할 때 질문보다 암기가 먼저였고
정답을 찾으려는 습관 탓에
우리는 질문을 어려워하게 된 것이다.
그래서 시험 공부만 많이 한 사람일수록
찾아온 시련을 참고 견디다가
어려움에 빠지는 경우가 많다.
나의 생각대로, 나의 마음대로 살아가는 것이 아니라
세상이 정해둔 정답을 찾는 삶을 살아야 했기 때문이다.

이제는 관계 수업을 시작하자.
우리는 관계를 맺으며
서로를 가르치고 서로에게 배운다.
서로 성장해나가는 수업,
서로 생각할 수 있는 공부를 하자.

비밀의 숲

여름날 초록으로 물든 숲을 보며
청년의 모습 같다 생각한 적이 있다.
시월의 숲은 초록의 여운이 남아 있지만
더 이상 이 숲을 청년이라 부르기 망설여진다.
무언가 비밀을 알아버린 어른 같기 때문이다.
머지 않은 소멸을 짐작한 것 같기 때문이다.

사람의 어리고 젊은 시절은 결코 다시 돌아오지 못한다.
어른은 깨달아버린 비밀을 모른 체 할 수 없는 사람이다.

시월의 숲을 보며 생각한다.
끝까지 모르는 척하겠노라고.
죽음보다는 삶을 생각하며
지금 이 순간을 살겠노라고.

나를 기다려주는
시간

인디언들은 말을 타고 가다가 이따금씩 말에서 내려
자기가 달려온 쪽을 한참 동안 바라본 후
다시 말을 타고 달린다고 한다.
말이 지쳐서 쉬게 하려는 것이 아니라
너무 빨리 달려서
자기의 영혼이 미처 쫓아오지 못했을까 봐
영혼이 따라올 시간을 주는 것이라고 한다.

우리는 지금 너무 빨리 가고 있는 것은 아닌가.
영혼은 아직 못 쫓아왔는데
세상의 속도에 발맞추느라
대열에서 빠져나오지도 못하고
숨차게 달려가고만 있는 것은 아닐까.
내 영혼이 잘 따라오고 있는지
자주 서서 기다려주자.

환경 탓

들판의 뱀은 이슬을 먹고도 독을 품지만
들판의 풀은 똥을 먹고도 꽃을 피우고
들판의 나무는 추위 속에서도 움을 틔운다.

어차피 주어진 삶,
들판의 꽃이 되자.

이유
없이

세상 만사에는 원인이 있다.
이유 없이 생겨나는 감정은 없다.
그러나 굳이 이유를 찾을 필요도 없다.

때로는 하고 싶은 대로 해버리자.
이유 없이 욕하고 싶을 때는 욕을 하자.
이유 없이 정크 푸드를 먹고 싶을 때는
햄버거 라지 세트를 시켜 먹자.
이유 없이 떠나고 싶을 때는 출근길에 기차를 타자.
이유 없이 피곤할 때는 엎드려 자자.
이유 없는 풍경처럼 살자.

있는 그대로의
네가 참 좋다

진정한 관계란
자연스러운 상태의 서로를
온전히 이해하는 사이다.

아무 말 없이 눈빛만으로,
미소만으로 소통이 된다는 것.

나는 있는 그대로 살아가는
네가 참 좋다.

우리가
함께라서

바라만 봐도
목소리만 들어도
자꾸만 웃게 된다.
섭섭했던 일도
아쉬웠던 일도
그만 잊게 된다.
수십억 명의 사람 중에서
우리 둘이 만났다는 것,
그 사실이 기적이기에.

113

태평한
명상

불교에 '위빠사나 명상'이라는 개념이 있다.
하루 동안 느꼈던 감정의 종류를 의식하며
마음을 다스리는 명상법이다.
짜증이 났는가, 화를 냈는가,
기뻤는가, 슬펐는가 등의 감정을 의식하다 보면
스트레스를 줄이는 데 큰 도움이 된다.
명상을 이어가면서
화내지 않아도 될 일에 화를 냈던
자신을 발견하기도 한다.
어느덧 감정이 눈 녹듯이 사라지고 편안함만 남는다.

하루를 마무리할 때
명상을 통해 안식을 찾기를.

질투는
나의 힘

인도의 왕자로 태어났으나 왕위를 계승하지 않고 출가하여
승려로 살았던 아티샤.
그의 첫 번째 수행 원칙은 '샘내지 마라'였다.
이웃사촌이 땅을 사면 배가 아프다는
우리 속담에서 알 수 있듯이
인간의 유전자 속에는 시기심, 질투심이 내재되어 있다.

시기심을 품되 그것을 드러내지 말고
나를 발전시키는 에너지로 사용하자.
상대를 질투하는 것에서 그치지 말고 한발 더 앞서자.
그러면 어느덧 성장하여
누군가의 시기를 받는 자신을 발견하게 될 것이다.

우리 삶에 견고한 것은 없다.
늘 자신을 깨우며 살아야 한다.

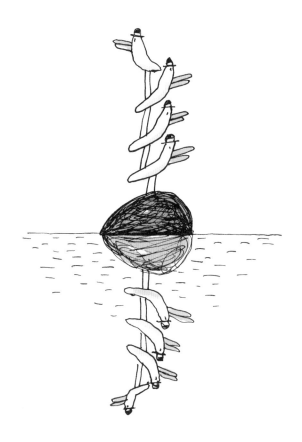

달을
보는 일

견월사見月詞

所見同一月 人情自殊視

보는 것은 똑같은 달이라도
마음에 따라 다르게 보이네.

– 이수광, 《지봉선생집》 16권 〈속조천록〉 중

허약해진 몸으로 달을 보니
마음도 작아지는 것 같았는데
푹 쉬고 산에 오르니 밝은 보름달에
꽉 찬 마음이 비치는 것 같다.

비 오는
날

누군가에게 오늘은 비가 내려 좋은 날.
누군가에게 오늘은 가슴 깊이 슬픈 날.

비가 고요히 대지로 젖어드는 날에는
내리는 빗줄기를 붙잡고
마음이 넝쿨처럼 올라간다고 생각하세요.
빗방울 소리는 마음을 가라앉히기도 하지만
마음을 성장시키는 효과도 있답니다.

3

자라는 것들은 모두 아름답다

당신이 이 세상에 와서
영혼도 성장하고 있기를.

어둠
속에서

칠흑 같은 밤,
추운 밤일수록 별은 더 빛나고
혼란 속에서도 별처럼 빛나는 사람들이 있다.

저항하라
청춘

'저항의 DNA를 잃어버린 청년'
공부와 취업, 사회의 여러 제도에 시달려
힘이 없어 보이는 청년들을 보면서 문득 이 말이 떠올랐다.

저항, 밖으로부터 가해지는 힘에 굴복하지 않고 버티는 일.
어떻게 보면 인류도 문명도 저항하며 성장해온 것이다.
누군가의 인생에서도
저항하는 순간이 중요한 변곡점이었을 것이다.
우리는 '반항한다'는 표현을 쓰지만
반항이 아니라 소중한 저항이다.
푸르고 눈부신 노력이다.

두루두루
적당히

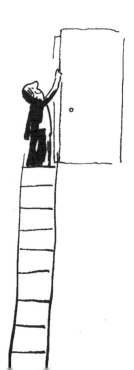

인생에서 성과를 얻고자 한다면
〈넷스케이프〉의 창립자이자 〈페이스북〉의 이사인
마크 앤드리슨Marc Andreessen의 주장을 유념해도 좋겠다.

"성공한 CEO 가운데 상위 25퍼센트에 속하는 기술을
세 가지 이상 갖추지 못한 사람을 찾기란
매우 어려운 일이다."

상위 25퍼센트가 되는 것은
상위 1퍼센트가 되는 것보다 훨씬 간단한 일이다.
최고가 되는 것보다 필요한 능력을 결합하는 것이
성공의 지름길이 될 수도 있다.

여행하는
마음처럼

어느 부부는 아침에 눈을 뜨자마자
제일 먼저 배우자에게 미소를 짓는다고 한다.
하루를 미소로 시작했더니
눈이 마주칠 때마다 미소를 짓는다고 한다.
얼마나 아름다운 습관인가.

아침에 눈을 뜨면
오늘도 여행의 하루가 시작된다고 생각해보면 어떨까.
일상에서 벌어지는 일들에도
여행지에서의 여유와 웃음이 꼭 필요하니까.

평균율

슬픔이 차오르는 날도 있지만
행복이 차오르는 날도 있지.
마음에 파도가 일렁일 때도 있지만
고요하고 잔잔할 때도 있지.

삶의 바다는 결코 평화롭지 않지만
마음의 바다는 삶을 그러모아
평평하게 하는 힘을 가지고 있지.

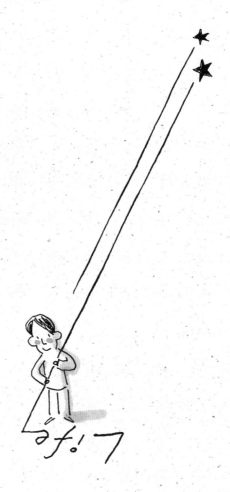

Life

즐기는 사람이
이긴다

살아가다 보면 희망이 절망이 되기도 하고
새로운 시도를 하다가 실패를 맛보기도 한다.
그러나 자유로워지고자 한다면
두려움에 맞서야 한다.
가장 위험한 일은 어떤 위험에도 뛰어들지 않는 것이다.
도전에 몰입하는 과정을 즐거움으로 만들어야 한다.
진심을 다했던 모든 일들은
언젠가 합당한 결과로 돌아오기 마련이다.

생의 터전,
흉터

흉터를 생의 터전이라고 바꾸어 부르고 싶다.
마음에 흉터가 남으면
깊게 파인 흔적을 따라 마음이 더 깊어지니까.

인생이란 살아가면서 부딪히고 넘어져 생긴
흉터들의 총체인지도 모른다.
그 흉터에는 메아리가 있다.
깊이가 있다.

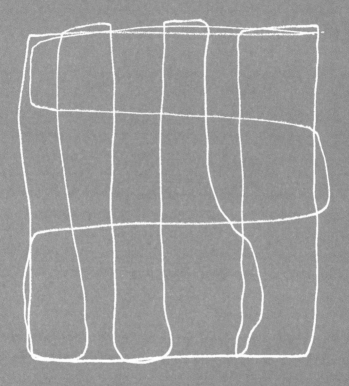

마음이
뛰어다니는
공간

창작의 즐거움은
자신이 그리고 싶을 때 그리고
자신이 쓰고 싶을 때 쓸 수 있다는 사실에 있다.
이러한 자유가 주어졌다는 것이 얼마나 큰 축복인지.

창작이란 갇힌 내 마음이
해방되는 공간이다.
누구나 가질 수 있는 창작이라는 숨구멍을
마음껏 만끽하자.

Plan B

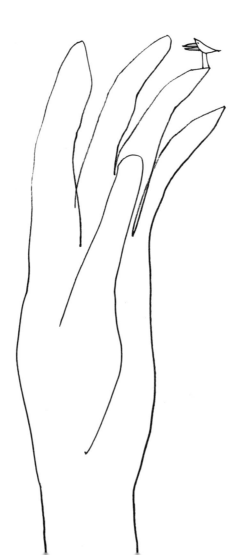

하나의 목표를 향해 도전하다 이루지 못하게 되면
상실감은 이루 말할 수 없다.
그럴 때 해결책은 두 가지가 있다.
원하는 목표를 이루기 위해
지금보다 배로 노력하는 방법과
열심히 노력하되 만약을 대비해
Plan B를 준비하는 방법.
유비무환이라는 말도 있듯이
Plan B를 귀찮은 것,
목표 달성에 초를 치는 것으로 바라볼 게 아니라
최소한의 준비라고 여기면 어떨까.
목표를 이루는 것이 가장 좋겠지만
생각대로 흐르지 않는 것이 인생이니까
삶에 대한 Plan B도
만들어두는 게 좋지 않을까.

아무것도 아니라는
깨달음

넷플릭스에서 만든 다큐멘터리를 보았다.
한 부모가 방황하는 아이에게
눈물을 흘리며 이렇게 말했다.

"나는 너를 언제나 자랑스러운 자식이라 생각한단다."

자녀의 행동에 화를 내거나 야단을 치는 것이 아니라
조용히 이야기하는 모습이 무척 인상적이었다.

그러나 곰곰이 생각해봤을 때
그 아이는 정말 자랑스러운 아이일까?
과연 그 아이를 감싸주는 것이
그 아이의 미래에 도움이 될까?

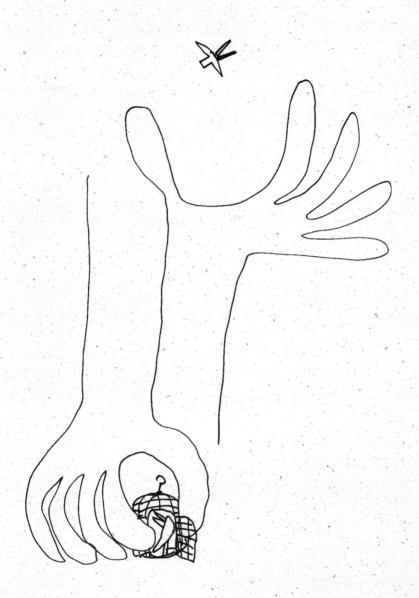

143

이제 막 사회생활을 시작하는 사회 초년생은
생각보다 자신을 알아주지 않는 냉정함에
실망하게 되는 경우가 참 많다.
사실은 사회에서 요구하는 능력에 비해
경험이나 지식이 부족한 게 당연한데도 말이다.

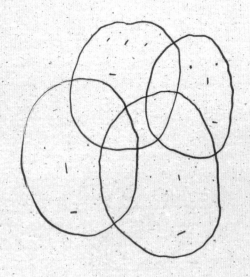

생각을 이렇게 바꾸어보면 어떨까.

'나는 내가 생각하는 것만큼 유능하지 않으며
중요한 인물이 아니기 때문에
남의 태도를 바꾸려 하기보다는
나의 태도를 조금 바꿀 필요가 있겠구나.'

나이가 들수록 나의 부족함을 일깨워주는
직언을 듣기 어렵다.
좀 더 젊을 때 직언을 듣고 행동을 고쳐나간다면
내일의 나는 지금보다 나아질 것이다.
더 나은 사람이 되려면
자신의 실수와 한계를 인정해야 한다.
결코 부끄러운 일이 아니다.
가장 많은 실수를 하는 사람은
가장 열심히 노력하는 사람이기도 하니까.

함께
힘들어하는 것

진짜 벗은

힘든 일이 있을 때 함께 힘들어하는 사람,

기쁜 일이 있을 때 함께 기뻐하는 사람이다.

그렇다면 함께 힘들어하는 것이란 무엇인가.

묵묵히 지켜보고, 버티는 것.

한달음에 달려가 안아주고,

손잡아주고, 돕고 싶지만

때로는 각자에게 주어진 길을 스스로 걷도록

옆에서 바라보는 것이

그 사람을 위한 것일 때도 있지요.

그런 제 자신을 위해, 버티는 그들을 위해

기도하는 시간이 필요합니다.

– 김은지, 《이제 혼자 아파하지 마세요》 중에서

우리나라 최초로 스쿨 닥터를 하셨던
김은지 원장님의 글이다.
진정으로 같이 힘들어하는 일은
옆에서 묵묵히 기다려주는 것이다.
기도해주는 것이다.
누군가가 곁에서 지켜봐 주고
기도하고 있다는 사실을 아는 것만으로
충분히 위로가 된다.

현재를
살 것

직장을 그만두고 동료나 선후배 들과
미처 인사를 나누지 못한 경우가 많다.
천천히 여러 사람들과 이야기를 나누리라 생각하더라도
한번 떠나면 이전 직장 사람들과는
만남의 기회도 줄어들고 멀어질 수밖에 없다.

그러나 후회는 없다.
과거를 회상하기보다는
지금 현재의 삶에 집중하리라 생각했다.
앞으로 어떤 선택을 하더라도
과거를 후회하는 일은 하지 않을 것이다.

시간은 앞으로 나아갈 뿐
되돌릴 수 없는 지금이니까.
우리는 현재를 살아야 한다.

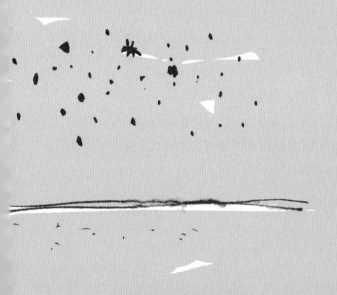

짧은 여유의
소중함

22초 분량의 동영상으로 유명해진 인물이 있다.

미국 아이다호 출신의 창고 노동자

네이턴 아포다카Nathan Apodaca 씨다.

스케이트보드를 타고 가며

한 손에는 크랜베리 주스를 들고

플리트우드 맥Fleetwood Mac의 노래 〈Dreams〉를

멋지게 립싱크하는 그의 모습이 선풍적인 인기를 끌었다.

한때 우리나라 가수 싸이의 말춤을

전 세계의 수많은 사람들이 따라하고

소셜 미디어에 올리던 현상과 비슷하게

다양한 사람들이 네이턴 씨의 행동을 패러디한

동영상을 올렸다.

아무리 힘든 날이어도 꿈을 꾸며
크랜베리 주스를 마시는 출근길을 즐길 수 있다면
그것이 행복 아닌가.
그리스의 벌거벗은 철학자 디오게네스처럼
햇살 한 줌을 온전히 즐길 수 있다면
이 어려움도 이겨낼 수 있지 않은가.

퇴사하겠습니다!

예전에는 정년 퇴임이 당연했지만
요즘은 그리 흔한 일이 아니다.
심지어 40대만 되어도 '퇴물' 소리를 들으며
회사로부터 쫓겨나는 경우도 많이 보인다.
평생을 몸 바쳐 일한 회사지만
내보낼 때는 피도 눈물도 없이 매몰차다.
어느 중견 기업에서는
직장에 평생을 바친 직원을 내보내기 위해
책상을 치우고 인터넷과 전화를 사용하지 못하게 하기도 했다.
지금과 같은 변화 속도라면
평생 고용을 보장하는 회사보다
자신의 미래를 계획할 수 있는 업종을 선택하거나
자신만의 사업을 만들어가는 것이 현명해 보인다.
그런 의미에서 회사나 조직을 나오거나
잘못된 습관을 그만두는 것은 매우 중요한 일이다.
절대 타의에 의해 그만두지 말고
당당히 자신의 의지로 진로를 바꾸면 좋겠다.

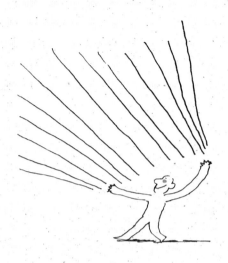

부정적인 멈춤이 아니라
미래를 위한 긍정적인 탐색인 것이다.
자동차가 코너를 돌 때 속도를 줄이는 것처럼
가볍게 브레이크를 밟은 후
더 나은 미래로 속도를 내기 위한 준비인 것이다.
자신의 능력을 기른 뒤 떳떳하게 회사를 나오자.
능력이 부족한 것 같다면
당신을 폄하하는 회사를 등지고 나와
자유롭게 능력을 기르자.
더 당당해도 좋다.
기회는 누구에게나 찾아오니까.

삐뚤어질 테다

어느 작가는 바르게 사는 것도 힘들지만
삐뚤어지는 일도 보통이 아니라고 말했다.

기왕 애를 써야 한다면 삐뚤어지는 것보다
바르게 사는 편을 택하는 게 효율적이지 않을까 싶지만

세상의 많은 발명이 삐딱함에서 출발했듯
아이러니하게도 약간 삐뚤어진 아이디어가
우리를 더 올바른 방향으로 이끌기도 한다.

세상을 삐딱하게 보자.

오늘 들은
말들

50세 이후는 덤이라 생각한다.
그러니 욕심내지 않고 하루하루 재미있게 살아야 한다.
- 모 방송국 기자

53년을 살았지만 오히려 지금 모든 것이 불확실하다.
날씨도, 정치도, 인생도.
- 일간지 출신 미디어 전문가

나는 거친 숲속을 걷고
남들은 잘 포장된 길을 걷는 줄 알았더니
같은 길을 걷고 있었구나.
- 40대 CEO

나는 프리랜서입니다. 평생 자유롭게 살았어요.
- 60대 고고학자

저마다 다른 말

저마다 다른 생각이지만

그 모두에게 배울 점이 있다.

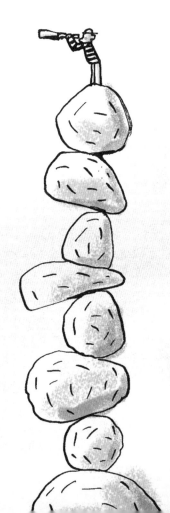

여행길
메모

일이 잘 풀리지 않을 때일수록 휴식이 필요하다.
지쳐 있을 때는 눈앞의 것만 보이기 마련이고
그것에 집착하다 보면 더 큰 것을 놓치게 된다.
여행은 단순히 몸과 영혼을 쉬게 하는 것뿐 아니라
멀리 볼 수 있도록 마음의 시력을 키워주고
큰 생각을 담을 수 있도록 마음의 영토를 넓혀주는 일이다.

그러니 떠나라!
일상의 고달픔으로부터!

조심하라

생각을 조심하라.
생각이 곧 말이 되기 때문이다.
말을 조심하라.
말이 곧 행동이 되기 때문이다.
행동을 조심하라.
행동이 곧 습관이 되기 때문이다.
습관을 조심하라.
습관이 곧 성격이 되기 때문이다.
성격을 조심하라.
성격이 곧 당신의 운명이 되기 때문이다.

사막을 지나가는
당신에게

때로 어두운 사막을 홀로 걷고 있다는 생각이 든다.

모두가 그렇게 외로운 길을 걷고 있다.

사막을 지나가는 사람들에게 손을 흔들어주자.

만나면 서로 응원을 해주자.

날이 밝아 아침이 오면

말갛게 빛나는 서로의 얼굴을 마주 보며

환하게 웃어주자.

사막을 걸었던 경험과

서로를 응원했던 기억이

힘이 되는 날이 올 것이다.

우주에 공해가
되지 않는 말

모든 말에는 파동이 있다.
좋은 말에는 좋은 기운이 들어 있다.
비난이나 험담 혹은 분노의 말에는 좋지 않은 기운이 있다.
한번 뱉은 말은 공중에 흩어지지만
그 말을 들은 누군가의 가슴에는
오랫동안 힘이 되는 에너지로
혹은 지울 수 없는 상처로 남는다.

뱉은 말들은 메아리처럼 되돌아와
들은 사람은 물론, 뱉은 사람에게도 영향을 미친다.
여기서 그치지 않고 말하는 사람의 주변을,
더 나아가 세계를, 우주를 뒤흔드는 영향을 준다.

수많은 명사들이 훌륭한 말로써 길러지고
수많은 범죄자들이 부정적인 말로 인해 만들어진다.
우리의 말이 공해가 되지 않는지 생각해볼 때이다.

상처가
별이 된다

숲속 나무가 뿜어내는 피톤치드와 조개 속 진주는 모두
상처가 만들어낸 물질이다.
찔레꽃은 꺾였을 때 더 진한 향기를 내뿜는다.

'슬픔만 한 거름이 어디 있으랴'라는 시 구절처럼
슬픔을 딛고 일어나
살아가는 데 힘이 되고 길이 되게 만들겠다.
상처가 진주가 되듯이
시리도록 빛나는 별을 품겠다.

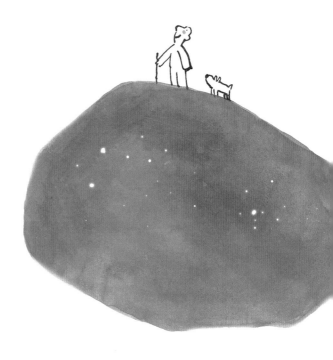

달팽이의
날개

느릿느릿 움직이며 길을 가는 달팽이가
날개가 있어도 머뭇거리는 나비에게 물었다.

"너무 많은 일을 하려다 보니
정작 중요한 일을 못하고 있는 것 아니야?"

등에 매달린 무거운 날개가
한발 물러서서 보면
비행을 가능케하는 고마운 날개인 것이다.

담벼락을
뛰어넘는 법

살다가 막다른 골목에 이르렀을 때
저 담벼락을 어떻게 뛰어넘을까 고민하며
사다리를 만드는 사람이 있다.
산을 오르다 높은 절벽을 만났을 때
밧줄을 매달고 절벽을 올라가는 사람이 있다.

열심히 궁리하고 도전하자.
문제에 부딪힌 사람들만이
더 넓고 새로운 세상을 만날 수 있다.

Life-work

일과 삶의 균형을 의미하는 '워라밸Work-life balance'에 이어
'라이프워크Life-work'라는 신조어가
최근 한국에서 유행하고 있다.
라이프워크는 자신의 일생을 걸 만한 가치를 향해
좋아하는 방식으로 자신만의 일을 찾아가는 작업을 말한다.

일과 좋아하는 것이 일치한다면 더할 나위 없이 좋고,
사랑하는 사람과 함께한다면 더더욱 좋겠다.
그렇다면 굳이 Work와 Life를 구분하지 않아도
균형 잡힌 인생을 살 수 있지 않을까.

캄캄한 날

캄캄해서
아무것도 보이지 않는 날
별은 더욱 반짝입니다.

미래를
이야기하자

미래를 말하는 시간이 좋다.
미래를 이야기하는 사람이 더 많아졌으면 좋겠다.
단순하고 막연한 희망이 아니라
실천할 수 있는 구체적인 아이디어와
생각을 나누길 원한다.
과거에 얽매여 현재를 괴롭히지 말고
생각의 텃밭에 무엇을 어떻게 가꿀지
최소한 돌아오는 주말을
어떻게 하면 더 즐겁게 보낼지 계획해두면 좋겠다.
미래는 기억과 같아서 떠올릴수록 선명해지니까.

내일은 어떤 새로운 일로
즐거울 것인가.
어떤 새로운 일로
이웃을 즐겁게 만들 것인가.
고개를 들고 더 많은 공상을 하자.

살다 보면
누구나

살다 보면 누구나
나만 못나 보이고
나만 힘든 것 같은 날 있습니다.

살다 보면 누구나
그런 나만 바라보고
그런 나만 사랑하는
바보 같은 사랑 있습니다.

계절의
안부 인사

바람이 불어옵니다.
간신히 내려오는 햇빛 한 줌에
가슴이 뭉클해집니다.
잘 살고 계시지요, 당신.
오래 보지 않아도 바람과 햇빛으로
당신의 영혼을 느끼는 계절입니다.

나이 먹을수록
꿈을 실천하자

신문사 생활을 할 때 만난, 좋아하는 선배님 한 분이 있다.
회사는 서로 달랐지만
그림을 그리고 싶어 하는 공통분모가 있어서
더 끌렸는지 모른다.
선배님은 어린 시절 그림을 그리고 싶었으나
아버지의 반대로 국사학과를 졸업하고 신문사를 다녔다.
그림을 너무 그리고 싶어 하는 선배님에게
하고 싶은 일이 있다면 지금이라도 늦지 않았으니
당장 그림을 그리라고 말씀을 드렸다.

그 후 12년이 흘렀다.
다시 보게 된 선배님의 글과 그림은
그 디테일과 깊이가 놀라울 정도였다.
마치 내게 말을 걸어오는 것처럼 생생했다.

수험 공부하듯 지독하게 주말의 휴식을 포기해가며
인고의 세월을 보낸 것 같다.
그렇게 차곡차곡 자신의 길을 다시 만들어온 것이다.

하고 싶었는데 못했다는 말이 제일 안타까운 말 같다.
성취와 자존감은 남이 세워주는 것이 아니라
내 안의 나를 잃지 않고 스스로 지킬 때,
남들은 모르는 진짜 나를 찾을 때 세워지는 것이다.
세상에 늦은 것은 없다.
오직 시작만이 있다.

그럼에도
불구하고

비록 그대의 형편이
절망할 수밖에 없다 하더라도
절망하지 마라.
이미 끝장난 듯싶어도
결국 새로운 힘이 생기게 된다.

-프란츠 카프카Franz Kafka

4

자연으로부터 배우는 것들

기분 좋은 예감은
언제나 우리 주변에서 시작된다.

꽃은 핀다

비가 그렇게 내려도
바람이 그렇게 불어도
꽃은 핀다.

너는 느리게 피는 꽃이다.

꽃은 아주 잠깐 필 뿐이지만

참 오랫동안 준비한다

계절은
자란다

계절이 반복된다는 말에 공감하지 않습니다.
계절은 조금씩 자라고 있습니다.
작년에 봤던 나무는 올해 한 살 더 먹었고
물길은 조금 더 깊어졌으며
피워올린 새잎들도 다른 얼굴을 하고 있습니다.

우리는 우리도 모르게
어제보다 조금 더 성장했습니다.

천천히

서두르지 마.
욕심 부리지 마.
찻잔에 담긴 따뜻한 차처럼
마음도 인생도 우러나는 거야.

친한
나무

살아가면서 친한 나무 한 그루
있어도 좋을 것 같다.

산책길이나 퇴근길에
마음에 드는 나무 한 그루 찾아
멋진 이름을 붙이고
간직한 비밀도 알려주고
고민도 털어놓고
소원도 빌어보고
아낌없이 교감하며 이야기하기.

삶이 풍성해질 거야.
나무 친구를 사귄다는 것.

명랑한
순간

나뭇가지에 새 한 마리가 앉아 있는 모습을
바라보는 것만으로도 명상이다.
저 새는 어디서 날아와 어디로 날아갈까.

순간에만 충실한 새는
방향이나 목적지가 없다.
그래서 그 지저귐은 명랑하다.

소통의
비결

가장 좋은 말을 하라.
이치에 맞는 말을 하라.
남의 감정을 상하게 하는 말을 하지 마라.
진실을 말하라.

사람들과 가까이 하되
마을에서 조금 떨어진 곳에 살아라.
조용하고 평화로운 곳에 머물러라.
항상 자연에게서 배워라.

여백을 만드는
습관

사람과 사람 사이에는
사람과 삶 사이에는
여백이 필요하다.

습관처럼 머리와 가슴을 비우자.
아무런 일정도 없는 날을 만들자.

여백은 사유의 힘을 키워주고
내면을 단단하게 해준다.
여백이 많은 삶에서
우리는 심오한 진리를 스스로 발굴하고
지킬 수 있는 삶의 계명을 마주할 수 있다.

지하철에서 만난
신발들

출근길 지하철,
바닥을 내려다보면 각양각색의 신발들이 가득하다.
굽이 있는 구두, 때 탄 운동화, 번쩍거리는 가죽 부츠……
사람들은 모두 다른 신발을 신은 채
같은 시간에 지하철을 타고
같은 방향으로 출근한다.
생김새는 모두 달라도 같은 쪽으로 향하는 신발들.
모두가 소중한 걸음들.

그 가운데 당신의 신발이 외롭지 않기를.
당신의 걸음이 건강하기를.

숲은
치유입니다

1996년 미국 캘리포니아의 오래된 삼나무 숲이
목재 회사로부터 벌목되어 사라질 위기에 처한 적이 있다.
그때 줄리아 버터플라이 힐Julia Butterfly Hill이라는
20대 여성이 그 숲을 지켜냈다.
그녀는 숲에서 가장 오래된, '루나'라는 나무 위로 올라가
장장 738일 동안 버티며 시위를 했고
결국 목재 회사로부터 벌목을 하지 않겠다는 약속을 받아냈다.
그녀는 프랑스의 한 방송에 나와 이런 말을 했다.
"스물세 살에 나무에 올라서
스물다섯 살이 되어 내려왔습니다.
그래서 나에게는 2년간의 추억이 없었고
여전히 스물세 살에 머문 것 같았습니다.
하지만 백스물세 살이 된 것 같다는 생각도 들었습니다.
나무에서 생활하고 난 지 한 달이 지났을 무렵
나무의 말을 들을 수 있게 되었기 때문이지요."

사람은 숲으로 돌아가야 한다.
숲을 거닐며 나무의 소리에
귀를 기울여보자.
그것만으로도
소통이 가능한 경우가 있으니까.

오늘의
기분

오늘의 날씨는 자연이 정하듯이
오늘의 기분은 내 마음이 만든다.
언제나 맑고 따뜻하게.

긍정의
히키코모리

어느 대학의 만화애니메이션학과 학생들에게
코로나19로 오히려 좋았던 점을 적도록 했는데
가장 눈에 띈 답은 이거였다.

"집에만 있을 수 있어서 행복했다."

미래는 '긍정의 히키코모리'들이 지배하지 않을까.
전 세계적으로 경제가 어려운 가운데
성장하는 기업들 대부분이
히키코모리 성향의 사람에게 적합한 업체다.
온라인 배송 업체 또는
게임이나 콘텐츠를 서비스하는 업체 들이 있다.

지금은 보다 재미있게 살아가며
작고 소박한 것들에 만족하는 시기임에 분명하다.
본인이 좋아서 집중하고 연구한 결과물로
모두를 즐겁게 만드는 사람이,
자신이 좋아하는 것을 우직하게 파헤치는
긍정의 히키코모리가
인류의 미래상이 될지도 모른다.

자신만의
여정을
즐기는 사람

바다에 뜬 별은 왠지 허전하지만
시냇물을 비추는 별은 정겹다.
도시에 뜬 별은 보이지 않지만
산골 오두막 위에 뜬 별은 아름답게 빛난다.

작은 여정을 즐기는 사람의 눈에
별이 뜬다.

혼자 있는
시간

가끔은 혼자서
슬픔과 외로움을 오롯이 받아들일 시간이 필요하다.

혼자 있을 때만 보이는 게 있다.
마음 깊숙한 곳에 숨어 있던 진심에게 말을 걸 수 있고,
창밖의 풍경을 즐기며 외로움을 달랠 수 있다.
타인에게 말하지 못하는 이야기를
자신에게는 얼마든지 할 수 있다.

혼자 있을 때만 들리는 나의 말이 있다.
그 말에 귀 기울이자.

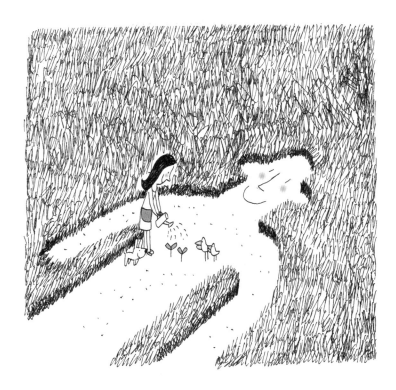

때로는
빨리 포기해라

우리는 돌고래처럼 자유롭게 헤엄치지 못하고
새처럼 하늘을 날지 못하고
고양이처럼 마음대로 하루를 보내지도 못한다.
그래서 파란 바다를 그리워하고
파란 하늘을 동경하고
밤낮으로 완벽한 자유를 찾고 싶어 한다.

그러나 그것은 인간으로서
아무리 노력해도 안 되는 일들이다.
아무리 노력해도 안 되는 일들이
노력해서 되는 일보다 많다는 사실을 인정해야 한다.
때때로 과감히 포기해버리자.
노력하지 않고 놓아줄 권리도
우리에게 있지 않은가.

거울

남자는 거울에 비친 자신의 모습을
실제보다 날씬하게 본다고 한다.
여성은 반대로 실제보다 뚱뚱하게 본다고 한다.

어쩌면 우리 모두는
자신을 과소평가하거나 과대평가하는지도 모르겠다.

당신은 당신의 생각보다
안 좋은 사람일 수도 있지만
어쩌면 당신의 생각보다
훨씬 훌륭한 사람일 수도 있다.

그러니 정확한 내 모습을 알기 위해
성찰하는 마음으로 매일매일 거울을 들여다볼 밖에.

가을이 보내는
편지

아침 햇살을 받은 낙엽은
화사하게 빛난다.
마치 인생의 마지막 절정을
만끽하는 것 같다.
그러다 한꺼번에 모든 잎이 낙하하는 순간이 온다.
첫 눈이 내린 다음 날이면
잎들은 우수수 한꺼번에 진다.

나무가 잎을 모두 떨구는 순간이야말로
가장 숭고한 순간 아닌가.
비워야 채운다는 단순한 이치를
실천하는 순간이기 때문이다.

우리는 세상 모든 것을 가진 것처럼
꽉 찬 마음을 누리기도 하지만
모든 것을 잃어버린 듯
패배감에 젖어드는 날도 맞이하게 된다.
그럴 때 나무처럼
채우기 위해 비우는 것이라 생각해도 좋겠다.

텅 빈 마음은 다시 채워지는 날이 온다.
잎을 떨구고 다시 피우는 과정을 거치며
나무가 풍성해지는 것처럼
사람의 마음도 차오르고 비우는 과정을 반복하며
성장하는 것이다.
지고 마는 낙엽이 서운하지만은 않은 이유다.

Full
소유

세상에 좋은 것이 얼마나 많은가.
돈으로 살 수 없는 공기와 계절의 냄새,
온몸으로 느낄 수 있는 시간은 또 얼마나 많은가.

살아가면서 이 좋은 것들을 선명하게 느끼고 싶다.
이파리가 무성한 나무를 보고
눈이 시리도록 푸른 하늘을 보면서
존재만으로 행복한 순간을 살고 싶다.

우리가 계절을 온전히 느낄 수 있을 때
무소유보다 행복한
'Full 소유'의 상태가 되는 것이다.

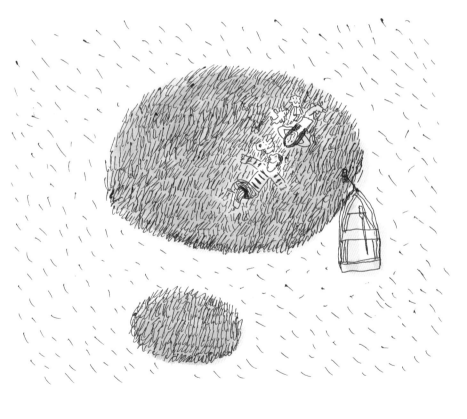

고통의
순기능

삶이란
확실성과 불확실성 사이에서
선택하는 일의 연속이다.

이때 경험은 우리를
불확실성이 주는 불안에서 벗어나도록 돕는다.
경험에서 일구어낸 확신을 통해
불안을 제거하는 것이다.

고통과 어려움은 곧 경험이 된다.
불확실한 상황이 반복되는 삶 속에서
다음 선택을 더욱 잘하기 위하여
우리는 경험을 쌓는 것이다.

자 연 처 럼

물처럼 달처럼 별처럼
편하게 살아도 된다.

물속에서 허우적대면
오히려 가라앉으니
흘러가는 시간에 몸을 맡기길.

달과 별은 언제나
빛을 잃지 않으니
같은 밝기로 반짝거리길.

성장

우리가 세상을 살아가는 목적 중 하나는
배움과 경험을 통한 성장 아닐까.

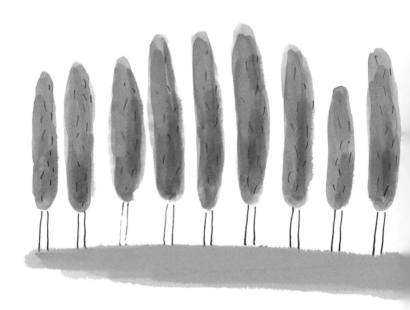

그중에서도 특히 마음과 영혼이 성장하는 것
함께 아파하고 배려할 줄 아는 것
지혜와 성품을 쌓아가는 것
겸허해지는 것

당연한 사실을 몸소 실천할 때
비로소 '성장했다'고 말할 수 있겠다.

가장 좋은
친구란

세상에는 여러 유형의 사람들이 있지만
태양 같은 사람, 달 같은 사람, 별 같은 사람으로 구분해본다.

태양 같은 사람을 대할 땐 거리를 유지한 채
멀리서 온기를 즐기면 좋다.
달 같은 사람은 오래 사귀되
그의 마음이 차오를 때는 숨어주고
기울 때는 그 곁에서 작은 빛을 밝혀주면 좋다.
가장 좋은 친구가 되어주는 사람은
아름다운 별자리를 함께 만들 수 있는
별 같은 사람이다.

존경하는 안기석 선배가 쓰신 글이다.

사랑도 마찬가지다.
빛과 그림자를 짙게 드리우는 해 같은 사랑,
은은하게 모든 곳을 비춰주지만
공전에 의해 자주 빛을 바꾸는 달 같은 사랑.
모두 소중하고 의미가 있지만
일정한 거리를 두고 바라보며
서로 빛이 나게 비춰주는 별 같은 사랑이 가장 좋다.

어두운 밤하늘 같은 세상을 살아가면서
함께 아름다운 별자리를 만들어갈 친구는 몇이나 될까.
또 그런 사랑은 얼마나 될까.

반짝이지 않는
생은 없다

삶이란 아무도 보지 않아도 살아내고 있는 것이지.
보이지 않는 저 작은 별들처럼.
글썽글썽, 반짝반짝.

지상의 숭고한 불빛 한 점, 당신.

그것 보세요.
비와 태풍은 지나갔잖아요.

아픔을 돌보지 않는 너에게

1판 1쇄 발행 2021년 4월 19일
1판 2쇄 발행 2021년 5월 10일

글 · 그 림 황중환
펴 낸 이 신혜경
펴 낸 곳 마음의숲

대   표 권대웅
책임편집 채수희
디 자 인 임정현 박기연
마 케 팅 노근수

출판등록 2006년 8월 1일(제2006-000159호)
주   소 서울시 마포구 와우산로30길 36 마음의숲빌딩(창전동 6-32)
전   화 (02) 322-3164~5 팩스 (02) 322-3166
이 메 일 maumsup@naver.com
인스타그램 @maumsup
용지 (주)타라유통 인쇄 · 제본 (주)스크린그래픽

ⓒ황중환, 2021
ISBN 979-11-6285-076-3 (03810)

나는 나로 살기로 했다

김수현 지음 | 300쪽 | 13,800원

진짜 '나'로 살기 위한 뜨거운 조언들
길을 잃고 있는 당신에게 가장 필요한 책. 어른이 되어서도 '나'를 찾고자 하는 어른아이를 위한 책. 밥벌이와 어른살이에 지친 모든 현대인에게 '나'를 돌아보게 하는 시간을 선물해준다.

이제 혼자 아파하지 마세요

김은지 지음 | 244쪽 | 14,500원

'국내 최초 스쿨 닥터' 김은지 원장의
세상을 밝히는 돌봄 이야기
남을 살피려는 마음이 자신 또한 치유한다는 메시지를 담은 책.
사람들의 정신 건강을 돌보는 데 힘쓰고, 돌봄의 가치를 세상에 널리 퍼뜨리는 정신과 의사 김은지 원장의 따뜻한 마음을 온전히 느낄 수 있다.